陽だまり

他一篇

目 次

陽だまり　　　　　　　　　　　　5

帰宅途中での後悔　　　　　　　113

陽だまり

陽だまり

登場人物

ヤナ　雑貨屋の老婦
ナタリア　ヤナの友人
ニコライ　グジェリの陶芸家見習い
アンフィサ　ヤナの娘

場所　モスクワ市郊外の雑貨屋 / ヤナの店

第一幕

第一場

〔詩〕*

願わくは、真の安らぎが得られることを。
　望郷(ぼうきょう)の念の縛りから離れられることを。
過去への思慕(しぼ)による刹那(せつな)の憩いから脱し、
　未来への思慕による久遠(くおん)の憩いを求めて
　　　飛び立てられますように。

モスクワ市郊外。

古びた小さな雑貨屋。

店の中央（下手寄り）には数台の展示机。

＊　本戯曲は「上演可能な作品」であることを考慮して書かれているが、一応は書斎劇(クローゼットドラマ)あるいは読書劇(レーゼドラマ)の形式をとっている。上演にあたり、「詩」などが障害となる場合にはこれらを無視して構わない。

陽だまり

下手の横壁、奥から手前にかけて数台の棚。
展示机や棚には様々な雑貨、小物、民芸品が所狭しと並べられている。
店の出入口は下手の手前。
上手の奥にはカウンター。そこにも様々な商品が並べられている。カウンター内には一脚の椅子がある。カウンター奥の壁には別の部屋に通じる扉が設置されている。
上手の横壁には大きな窓がある。その窓から陽が降り注いでいる。
窓台には数個の花瓶がある。それぞれに美しい花々が飾られている。窓の真下の床には数鉢の観葉植物がある。
窓の横(中央寄り)にテーブル。四脚の椅子がそのテーブルを囲んでいる。テーブルの上には木製のチェス盤と駒がある。
店にあるものは全て古い。
窓の横にある椅子に座っているヤナ。
陽だまりの中、〈懐古〉に浸っている。

第一幕 第一場

ヤナ （独白）私の生は、懐古(ノスタルジア)によって紡がれる。過去への思慕によって未来を繋(つな)ぐ。過去への思慕によって、新たな今日が始まる。「今日」という日は新しい。過去を通じて、新しさはやってくる。新しさは意識せずとも贈られる。ところが、過去への顧(かえり)みは意識しなければならない。過ぎ去りし時は、思慕によって何度も断片的に再構成される。

　　　ヤナ、ゆっくりと窓を見る。

ヤナ （独白）幼き日の思い出がよみがえる……。ここの近くにある森、私はそこを「私の森」と呼んでいる。父も母も「あなたの森」と呼んでくれた。ある日、毎日持ち歩いていた桃色のマトリョーシカ型のポーチがなくなった。中には白樺細工(ペレスタ)のブラシが入っていた。私はそのポーチを懸命に捜しまわった。家中を調べ終えた私は、隣のユーリヤの家に行った。ユーリヤにポー

チをどこかで見たか尋ねた。彼女は知らないと言った。けれど、ユーリヤは吹雪の中、一緒に捜してくれた。二人で「私の森」にも入った。結局、私のポーチを見つけることはできなかった。あのポーチが良い人に拾われて大切にされていることを願った。……ユーリヤには感謝しているわ、心から。今、あの優しいユーリヤはい̇ȧい̇……。

　ヤナ、目を閉じる。

ヤナ　（独白）森は冬化粧する、来るべき時期に。冬の森は、大人になることを逸(はや)る私の気持ちを落ち着かせた。ロシアの雪は安らぎの魔法。白き銀河のごとき森の雪は、全ての生命に休息を与える。輝く白雪が私の存在を包み込む。白き光の内に私は存在する。この自己認識は自身の心を洗う。

第一幕 第一場

　　ヤナ、目を開く。

ヤナ　（独白）春から夏にかけて。この時期、私の生命は最も滑走(かっそう)した……。「私の森」に両親と一緒に何度もベリーを摘みに行った。その森の中で、父と木登りして遊んだり、母と草冠や花冠を作ったりした。日が暮れようとするころ、三人は森に来たときと同じように、仲良く手を繋いで帰った。……父と母と私の思い出。それは私が幼かった日の最も素敵な思い出。私たち家族は愛に包まれていた。後に、この国の一制度が解体しても、私たち家族の絆が解体することはなかった。

　　ヤナ、テーブルの上にある紅茶のはいったカップを回す。

ヤナ　（独白）森は絶えず変化し続ける。森は絶えず生長し続ける。森はむきだしの大地を覆う。森は全ての生命を慈しみ、育む……。森は生命ある来訪者の味方。

陽だまり

　私が友を求めれば、森は私にそれを与え、私が静寂を求めれば、森は私にそれを与え、私が思い出を求めれば、森は私にそれを与えた。森は宇宙の一部。それゆえ、森は宇宙の法則に完璧に従う。森は宇宙の流転に完璧に従う。宇宙の時の流れ……。

　ヤナ、陽だまりの中にいることを強く意識する。

ヤナ　（独白）私の愛しいヴィクトル……。ある日、私の夫は、この陽だまりの中でこう言った。「思い出は幻にすぎない。過ぎ去りしものは、記憶の幻像なのだ」と……。だけどヴィクトル、あなたとの愛の生活の思い出も記憶の幻だというのかしら？　……私の最も充実した生活の思い出は、私の中で確かに生き続けているわ……。そう、この思い出は、私自身の一部なの。……ヴィクトル、私は現在を肯定し、それによって過去を肯定している。あなたとの素晴らしい思い出は、

第一幕 第一場

現在の私によって紡がれている。あなたとの愛の思い出は、私の生命によって育まれている。いつかあなたと再会するために、あなたとの思い出を大切に守り続ける。私のあなたへの愛によって、この思い出をもっともっと大きくするわ。

　ヤナ、椅子に座ったまま、店の商品を見回す。
　無数のマトリョーシカ、陶器人形、粘土人形、ゴム人形、指人形、木工細工、木工玩具、張り子、カップ、ティーポット、サマワール、小皿、大皿、スプーン、フォーク、ブローチ、マグネット、ピンバッジ、ポーチ、レース、刺繍、鍋掴み、鍋敷き、前掛け、プラトーク、コットン部屋着、ラプティ、ワーレンキ、絵本、鉛筆、メモ帳、はがき、グリーティングカード、マッチなど。

ヤナ　（独白）……ここは私の祖父が始めた店。それを母が継ぎ、そして母から私に……。いずれの品もずいぶ

ん古くなったわね……。ここにある物の多くは、少なくとも私が死ぬまで変わることはない。とはいえ、これらの物はいつか必ず滅びる。でも……だからこそ、これらが心から愛おしいのだ。いずれ滅びゆく私は、いずれ滅びゆく物たちを憂う。物々の儚さは、自身の生命が限りあることを想起させ、それによってある種の共感または同情を呼び起こす。自身の生命の有限性を思い知らされるや、私の心の不滅の部分は、物々の内なる永遠性に傾ける。汚れなき愛おしさは、有限なるものに宿る永遠性に向かう。

　ヤナ、陽の光に照らされた観葉植物を眺める。

ヤナ　（独白）窓から差し込む陽の光。その暖かな場所で生き続けてくれている観葉植物たち。……そう、私の家族たち。生命の葉がきらきらと輝いている。光に満ちた葉は、その存在を誇示する。たとえ認識され得る

第一幕 第一場

現実は各々の脳が作り上げた「射影」であろうとも、私という現実の一つの心は、光り輝く葉の存在を確かに把握している。投射された葉は、別の存在によって認識され、記憶の一部となる。

　ヤナ、紅茶のはいったカップを揺らす。

ヤナ　（独白）生命は本性的に光を求める。光は生命を育むものだから。光は生命に色彩や温かさをもたらすだけでなく、過去から現在にかけた生命の展開を意識させる。生命は関係によって、絶えず連続している。自然の光を通して、世界の生命が無数に存在すること、また無数の生命がそれぞれ関係しながら秩序立って活動していることを知る。一つの生命は他の生命と関係することで、宇宙の一部として働いている。宇宙の全ては、他のものと関係しながら紡がれる「物語」。

陽だまり

第一幕

第二場

〔詩〕

友情は黄金である、それが純粋であるならば。

互いが老いても、その友情は永遠に若いまま。

久遠(くおん)の友情は、普遍の価値である。

ゆえに、友情によっても普遍の源流は辿られる。

二十分後。前場に同じ。

ヤナ、椅子に座り、窓から外を眺めている。

ヤナ （独白）木々がいっせいに新たな緑の芽を伸ばし始めたわ。

第一幕 第二場

　　ヤナ、窓から外を眺めながら、陽だまりの心地好さを堪能している。

ヤナ　（独白）もう五月ね……。光が活発に踊っている。降りそそぐ陽の光は、生命の躍動を賛美する。冬の痕跡が完全に消えようとしている。冬はすでに眠りに着いた。長き冬とはしばらくお別れね……。今は大地より生じた全ての生命力を開花させる時期。生命の力が溢れている。意気にみなぎった内なる力は、様々な関係を拡大させる、それは当然のことながら積極的に。光の内の生命を尊ぶ者は、全ての生命が再循環されることを知っている。始まりは終わりに向けて。終わりは始まりに向けて。

　　ヤナ、テーブルの上にあるチェス盤と駒に目線を移す。
　　すると、誰かが店に入って来た。
　　ナタリア登場。

陽だまり

ヤナ　おはよう、ナタリア。

ナタリア　おはよう、ヤナ。

ヤナ　めっきり暖かくなったわね。

ナタリア　ああ、そうだね。ロシア、いや、世界で最も素晴らしい季節さ。

ヤナ　今日もご機嫌ね。

ナタリア　今日もあんたに会って、あんたと遊ぶ。これ以上の楽しみは、他にないからね。

ヤナ　あら、嬉しいわね。

　　ナタリア、椅子に座る。

第一幕 第二場

ナタリア　あんたは今日も妄想かい?

ヤナ　何よ、嫌な言い方ね。

ナタリア　相変わらず余裕だね、と思ってさ。余裕なんてのは、ロシア人の悪しき気質だよ。まあいいさ、じゃあさっそく再開するかね。

ヤナ　あなたとの勝負に余裕があるかどうかは別にして、心に余裕があることは、あらゆる可能性を広げるものよ。お茶をいれてくるわ。その間に、作戦でも練っていて。

　　ヤナ、椅子から立ち上がる。
　　ヤナ、カウンター奥の扉を開けて中に入る。

陽だまり

ナタリア　（ヤナの方に向かって）連敗続きなのはしゃくだからね。もちろんそうさせてもらうさ。

　　ナタリア、チェスに顔を近づけて駒の配置を凝視する。

ナタリア　（独白）ふん。今度こそ難攻不落のセヴァストポリ要塞を攻め落としてやるからね！

　　ナタリア、ふと窓の方に目をやる。窓から明るい光が差し込んでいる。

ナタリア　（独白）……今日は、いつになく陽の光が活発だね。光に歓迎され、光に包まれる。……実に気持ちがいいじゃないか……。そりゃあ、ヤナもこの陽だまりの中に入り浸るわけだ……。

　　ナタリア、ゆっくりと目を閉じる。

第一幕 第二場

ナタリア（独白）この店の時は、光の心地好さを中心にゆっくりと流れている。陽だまりは、今を満足させ、そして過去を想起させる、それは肯定的に……。

　　ナタリア、目を開き、チェス盤と駒を見る。

ナタリア（独白）……昔、あたしはここの客だった……。この古いチェス盤と駒は、もともとここの商品だった。それをあたしが買ったんだ。それ以来、無類のチェス好きな客は、店の主人と親友になった。そして、今でも二人でこのチェスを楽しんでいる……。

　　ヤナ、紅茶とシルニキを持ってくる。

ヤナ　どうしたの？　勝てる作戦でも浮かんだ？　もしそうだったら、とても珍しいことね。

ヤナ、椅子に座る。

ナタリア　言うね、お嬢さん！　驕[おご]りは大敵さ、それが誰であれ。今回はあたしが勝つよ！　しかし、あれだ。

ヤナ　何よ？

ナタリア　いやね、店のことさ。

ヤナ　どういうこと？

ナタリア　この店は、今も昔も繁盛していないってことさ。それどころか、ここ数年お客を見たことがないね。

ヤナ　まあ、そうね。それは認めるわ。

第一幕 第二場

ナタリア 店にある物は、あたしたちが出会った頃とあんまり変わってない。店の物は商品であって商品じゃない。あんたが商いを本気でやっていないということさ。……そう、変わらない風景……。心地好い空間は、今でも黄金に輝いている……。あたしはずっとこの店の空間を堪能し続けている。そして、あんたのように、あたしもこの店での思い出を愛しているのだろう……。

ヤナ ……。

ナタリア 店もあんたも、キングのように動かない。

ヤナ じゃあ、あなたはルークね。

ナタリア どうして？ はっ！ あたしの体形のことだね！ ひどい女だ、まったく！

23

ヤナ　そうじゃないわ。……まあ、それもあるけど入城(キャスリング)よ。

ナタリア　……。

ヤナ　キングはルークがいることで、初めて入城(キャスリング)ができる。もし私がキングだと言うなら、あなたは私を助けてくれる存在だわ。ええ、とても頼りになる存在よ。寸胴なルークがここぞとばかりに迅速に……ね。

ナタリア　……うむ、一手で二つの駒が同時に動くことは入城(キャスリング)において他にない。しかし……。

ヤナ　しかし？……

ナタリア　入城(キャスリング)はルークの活動じゃないだろうよ。あくまでキングによる活動さ。キングの意志によって、それは成立する。

第一幕 第二場

ヤナ　確かに。

　　ナタリア、チェスの駒を動かす。

ヤナ　……私はこの陽だまりの中で、あなたとチェスをすることが幸せよ。

ナタリア　あたしだって……。ヤナ、あんたはここが本当に好きなんだね。

ヤナ　もちろんよ！

ナタリア　十分に満たされている？

ヤナ　ええ、そうよ。

ナタリア　虚しさはないのかい？

ヤナ ……ないわよ……。

ナタリア ……長くあんたとチェスをしていると、分かることもあるのさ。あんたはもちろん、ここを愛している。この店の全てを愛している。あたしはそのことを確信する……。だがね、あんたの心の奥底に空洞があるように思えるのさ。確かな虚無感がね。それはあんたの旦那の死が原因だとも言えるが、もっとこう何か生命の根底に共通した……つまり普遍性に因んだ何か……。そう、自らの意志で一つの普遍性から遠ざかろうとしていることが原因だと思える……。あたしは頭が悪いから上手く言えないんだけど、人間にとって重要な何かに関係しているものに、あんたは怖れているように感じてならないんだ。

ヤナ ……。

第一幕 第二場

　　ヤナ、駒を動かす。
　　ナタリア、即座に駒を動かす。

ナタリア　（上機嫌で）今日は珍しい日じゃないか！ あたしがあんたを追い込んでいるよ！ そろそろ詰<ruby>み<rt>チェックメイト</rt></ruby>がちらついてきたんじゃないのかい!?

　　ヤナ、しばらく次の手を考える。

ヤナ　あら！ 本当にあと数手で詰<ruby>み<rt>チェックメイト</rt></ruby>かも!? ちょっと待ってくださらない？

ナタリア　だめだめ！ 時は止まらない。時は常に流れる。時の流れに従い、詰んではまたやり直す。その繰り返しさ。終わりは始まり。これから一つの新たな勝負が始まるのさ。

陽だまり

第一幕

第三場

〔詩〕

運命は愛を通じた認識によって享受される。

運命に流されるのではなく、それに流れる。

運命を肯定する者は、自らの意志で流れてゆく。

午後。前場に同じ。

ヤナとナタリア、チェスを指し続けている。

ナタリア、チェスの駒を動かす。

ナタリア　連勝に向けて好調な流れだ。まるであたしの一手で、大自然の運命が創られていくかのように……。そう、モコシにでもなった気分だ。今のあたしの流れ

を覆(くつがえ)すことは、あの「雷帝」でも難しいね。

　ヤナ、ナタリアの一手に悩む。

ヤナ　全能感に浸りたい気持ちもわかるわ……。確かにこれは……試練だわ……。

　ナタリア、両手を広げる。

ナタリア　おお、人間よ……われは乾いた大地を潤(うるお)し、生命繁栄の一切を司る女神である。わが肥沃(ひよく)な領土に踏み入る者を、断じて許すわけにはいかぬ。この豊穣(ほうじょう)の女神がおまえに瑞々(みずみず)しき敗北を授けてくれよう。おまえには、敗北の運命が相応しい。

ヤナ　何よそれ……。

ナタリア　神様ごっこさ、子供の頃やったろ？

ヤナ　精霊ごっこでしょ？　どっちにしても威厳がないわ。

ナタリア　何を！　もう一回詰めてやるかね。

ヤナ　あら、好戦的ね。「もう一回詰めてやる」なんて、まるでアムール・コサックのようね。

ナタリア　あたしの内なる指揮官がそう急き立てるのさ。

ヤナ　焦りは敗因を暗示しているわよ。

ナタリア　焦ってなどいないね。勝利への期待に胸が膨らんでいるのさ。

第一幕 第三場

ヤナ　勝利を期待するだけでは、結果は変わらないわよ。

ナタリア　ヤナ、それを負け惜しみって言うんだよ。

ヤナ　それはどうかしらね、っと。

　　ヤナ、笑みを浮かべ、駒を動かす。

ナタリア　あっ！　その手があったか……。

　　ナタリア、険しい顔を浮かべ、次の一手を考える。

ヤナ　ナタリア、この状況を覆すのは不可能ではないにしろ、かなり難しいわよ……。さあ、今の一手で停戦しましょう。

ナタリア　むむ……そういうことにしておこうか。仕方ない、協定を結ぶとしよう。時間があれば、この不利な戦況を好転させられるさ。そう、あたしの勝利が明日になっただけ。そのことをくれぐれも忘れないでね。

ヤナ　おあいにくさま、運命は変わらないわ。明日の私の勝利は揺るぎないものよ。

　　ヤナとナタリア、チェスを遊び終えて立ち上がる。
　　ナタリア、帰宅準備をして、店の出入口に向かう。

ナタリア　そういえば、最近アンフィサを見てないね？

　　ヤナとナタリア、店の出入口で立ち止まる。

ヤナ　先週の金曜日の夜に来たわ。でもすぐ帰ったけど。

第一幕 第三場

ナタリア あの子は元気にしてるのかい？

ヤナ 元気といえば元気ね。まあ、淡々としているところは、変わらないわ。

ナタリア 相変わらずなのかい？ あの子の亭主は？ あのろくでなしは？

ヤナ ……良い部分もあるわ、ヨシフには。

ナタリア 冗談だろ!? あのウォッカ中毒め！ あの馬鹿の両目には、自分の妻が見えてないんだよ、きっと！

ヤナ ……。

ナタリア ヨシフへの文句が不満かい？ 何であいつの味方をするのさ。あたしは断然、アンフィサの味方だ

よ！ あの子はあたしの子供のようなもんさ！

ヤナ ……私はヨシフの味方をしているつもりはないわ。ヨシフの全てが駄目だと思わないようにしているだけよ……。私は憶測で言っているんじゃない。アンフィサの態度、状況を見て言っているの。あの子がヨシフと一緒に生きているという事実を重視しているのよ。

ナタリア 「情は人生の岐路(きろ)をぼやけさせる」ことに反対だね。なあ聞いとくれよ、いいかいヤナ!? あたしが怒っているのは、アンフィサが流産したことだよ！

ヤナ ええ、とても残念なことだわ。でもそれは、ヨシフだけが原因とは言い切れないわ。

ナタリア いいや断じて！ 絶対にヨシフだけのせいだよ！ あれがアンフィサに宿った命を奪ったのさ！

ヤナ 正確には、二人に授かった命よ。アンフィサは、高齢出産だった。それに以前、あの子が流産しやすい体質だって医者に言われたことは、あなたも知っているでしょう？　違って？

ナタリア　……その体質を誘発し、促進させたのは他でもない、大馬鹿ヨシフさ！　腹が立つことこのうえない！

ヤナ　ナタリア、あなたがアンフィサを心から愛してくれているのは、あの子の母親としてとても嬉しいわ。でも、肩入れし過ぎよ。あの子はそういう話を嫌うわ。特に同情を嫌う。だから、あの子にヨシフの悪口や流産の話は絶対にやめて。いいわね、ナタリア。

ナタリア　そりゃ、肩入れもするさ。あたしはアンフィサの味方だよ、たとえ七月にモスクワに雪が降ろうと

も。……でもどうかしてるよ、アンフィサはあんたの娘じゃないか！ ヤナ、もっとあの子のことを気にかけてやっておくれよ！

ヤナ　もちろん気にかけているわ。だけどアンフィサは、自身の信念に基づき生きることに努めている。あの子は意志の自律を主体にして生きることが正しいと判断している。だから、あの子への過剰な心配は、あの子の自尊心を傷つけてしまう。アンフィサにとって、他律した母親の過剰な心配は迷惑以外の何ものでもないのよ。実際あの子は、私と違って全てを自分で解決できる。あの子はその力を持っている。あの子の運命は、あの子の選択によってのみ切り開かれていく。あの子の試練は、あの子だけのもの。だから誰もあの子の代わりに、あの子に課せられた試練を乗り越えることはできないわ。

ナタリア でもあの子を応援し、見守ることはできる。違うかい？

ヤナ ええ、もちろん。私は見ている、アンフィサが自身に立ち塞がった試練を受け入れ、堂々と向き合っていることを。そして、あの子は人生には試練と同様に、無数の好機(チャンス)があることを知っている。そんなアンフィサに、私が何を言えて？

ナタリア ……。

ヤナ 好機は無数にある。好機は光……。人生の海面に反射した無数の光。きらめく好機は闇を照らす。無数に輝く好機は、無暗に漂う者、目標を定めて泳ぐ者、それら全てに等しく未来を当てる。それは全ての者たちに、世界の展開を示している。その光があるかぎり、人生の海が闇に染まることはない。でも、人生にはい

くつもの波がやってくる。波は試練……。押し寄せる試練は全て乗り越えることができるはず。アンフィサの人生はまだまだこれから。道は長い。あの子は自身に立ちはだかる無数の試練に挑み続けるはず。私は決して疑っていない、アンフィサの健全な意志の力を、前向きな意志の力を。

ナタリア　試練との終わりなき闘い……。試練と楽しく闘い続けるには「定跡(じょうせき)」が必要さ。新しい定跡を創りだすのさ。

ヤナ　定跡そのものは創りだせない。定跡は創りだされた遊戯の規則によって生じ、遊戯に携わる全ての者たちに与えられるもの。遊戯に規則または法則があるかぎり、定跡は私たちによって発見されるもの。

第一幕 第三場

ナタリア ……アンフィサは、すでに人生遊戯の定跡を見出しているのかね？

ヤナ あの子なら大丈夫だと信じてる。あの子は発見している、意志が普遍性に向けられているなら、運命と一致することを。私は、アンフィサが普遍性を辿ってその不滅の起源に導かれている気がするのよ……。

ナタリア ……世界は創りだされた普遍の規則であり、アンフィサはその世界の普遍の流れに導かれている。……まあ、そんなとこだろうか……。

ヤナ そうね。……あの子は生きていることに感謝している。そして、それを怠ることなく、優しく、毅然と平静におのれの人生を堪能している。その生き方そのものもまた普遍だと、私は思っている。世界の不滅の普遍的理性(ロゴス)に参与するための。

第二幕

第一場

〔詩〕

自分らしく生きることは素晴らしい。

生きていることを肯定し、感謝する。

その気持ちのままに、心の豊かさのままに。

翌朝。ヤナの雑貨屋。

ナタリア、店の出入口から登場。

ナタリア、店を見回すが誰もいない。

ナタリア ……ヤナ！　あんた、奥にいるのかい !?

カウンター奥の扉からアンフィサ登場。

第二幕 第一場

アンフィサ ナタリア! お久しぶりね!

ナタリア ああ、アンフィサ! あたしの可愛いアンフィサ! 会いたかったわ!

　　二人は抱擁を交わす。

ナタリア ……おまえに言いたいことが山ほどあったけど、おまえの顔を見たらその気も失せたよ。

アンフィサ ……ありがとう、何も言わないで……。

ナタリア 一言だけ言わせておくれ。いいかい? 困ったことがあったら、遠慮なくあたしに相談するんだよ。親子同士だって全てを語り合うことは難しいものさ。ヤナに言い難いことがあるかもしれない、その時はあたしを頼っとくれ。

アンフィサ　ええ、ありがとう、ナタリア。私はあなたの笑顔が見られるだけでとても幸せよ。お願い、どうかいつまでも元気でいてね。

　　ナタリア、もう一度アンフィサを抱く。

ナタリア　おや？　あんた、少し痩せたんじゃないのかい!?　ちゃんと食べないといけないよ……。

　　アンフィサ、頷く。

ナタリア　ところで、ヤナはどうしたのさ？

アンフィサ　外出してるわ。昼過ぎには戻るはずよ。お母さんからあなたが来ることを聞いてたから、今お茶を作っていたところよ。すぐに持ってくるから座ってて。

第二幕 第一場

ナタリア ……そうかい、分かったよ。

 アンフィサ、カウンター奥の扉を開けて中に入る。
 ナタリア、いつもの椅子に座る。

ナタリア (独白)……ヤナが朝から店を留守にするなんて珍しいね。もしかして、気を利かせてアンフィサとあたしを二人だけにしてくれたのかね……。

 アンフィサ、紅茶とヴァトルーシュカを持ってくる。
 アンフィサ、椅子に座る。
 ナタリア、ヴァトルーシュカを頬張り、紅茶を飲む。

ナタリア おまえのいれた紅茶は最高だ。

アンフィサ そう、嬉しいわ。

アンフィサ、ナタリアの満足した表情を見て微笑む。それからゆっくりと紅茶を飲む。

アンフィサ　どう、ナタリア？　久しぶりに私と指してみない？

　アンフィサ、テーブルにあるチェス盤と駒に目線を送る。

ナタリア　ああ、いいよ！　どうせ今回のヤナとの勝負も、あたしの勝ちだったからね！

アンフィサ　嘘でしょう!?　それともあなた、バーニャ（蒸し風呂）に入り過ぎておかしくなったのかしら？

ナタリア　何言ってんだい！　いいから早く始めるよ！

　ナタリアとアンフィサ、チェスを指す。

第二幕 第一場

ナタリア　あら？　おまえはヤナと戦法が違うわね……。いや、そうだったね。おまえとヤナは違うわな……。

アンフィサ　ええ、そうよ。私とお母さんは性格も価値観も違うわよ。

　　二人はしばらくチェスに集中する。
　　徐々に、アンフィサがナタリアに押される。

ナタリア　これで詰み(チェックメイト)よ！

アンフィサ　まあ、ちょっと、ナタリアったら！　あなた、本当に強くなったんじゃない？

ナタリア　そりゃあ、ヤナとずっと遊んできたからね。あたしだって強くなるさ。今じゃ、時々ヤナに勝つようになったのは本当だよ。

アンフィサ　へぇ、お母さんに勝てるようになるって、そうとうなものじゃない？　じゃあ、私のようなへたくそと遊んでも面白くないわね。

ナタリア　そんなことないよ。とても楽しいさ。成長は人生の醍醐味。実際、それを見れるのは贅沢なことだよ。

アンフィサ　あなたやお母さんが羨ましいわ。

ナタリア　毎日遊んで暮らしているからかい？

アンフィサ　（微笑んで）そうよ、遊んでばっかりね。でもあなたたちは、与えられた場所、与えられた物を心から受け入れ、感謝し、そして堪能している。私は他の誰よりもあなたたちを尊敬してるわ。あなたたちは、心の豊かさを持っているのだから。

第二幕 第一場

ナタリア　そうかい、ありがとよ。

アンフィサ　簡単に話を流さないでほしいわ。私たちでは計り知れない森羅万象(しんらばんしょう)の起源……。そうしたものから与えられた出来事や関係に心から納得し、感謝し、楽しむことは、とても素晴らしいことなのよ。

ナタリア　……ヤナが言っていたね……。「正面を見ているだけではあの子のことは理解できない。あの子は、ビショップのように斜めからやってくる」ってね。

アンフィサ　(笑って) 何よそれ？

ナタリア　だけど、おまえはヤナのように優しい子だ。

アンフィサ　そう、ありがとう。

ナタリア　ヤナとアンフィサをあたしの人生にお与え下さった我が主に、心から感謝するよ。

アンフィサ　私もここの家の子として生まれたこと、ナタリアが私の母として、友として愛情をもって接してくれていることに心から感謝するわ。

ナタリア　おまえの父も優しい人だった。寡黙(かもく)な現実主義者だったがね。おまえには、その父の素晴らしさも受け継がれている。

アンフィサ　思えば、お父さんとお母さんは、本当に性格が違っていたわ……。でもとても仲のいい夫婦だった……。

ナタリア　……ヤナの夢見がちな性格を、ヴィクトルは優しく穏やかに見守っていたね……。

第二幕 第一場

アンフィサ　お母さんは、ずっと過度の懐古に支配されているわ。

ナタリア　「支配」という言葉を使うのが、果たして適切なのだろうかね？

アンフィサ　……こういう話があるわ。私が九才の時、私はパンの売店の近くで路上生活児と出会ったの。私と同い年ぐらいの女の子だった。優しく素直な子だった。私はその子を家に連れてきた。……最初、お父さんとお母さんは驚いたけれど、彼女を温かく迎えてくれた。お母さんは彼女のために食事を作り、店の品物から好きなものを選ばせた。女の子はどっちにするか、たしか熊と猿の人形で悩んでいた。二つとも大きな人形だった。そして、二つとも安い人形ではなかったはず。……でもお母さんはこう言った。「両方あなたに差し上げるわ」と。さらに、お母さんは「人形だけで

いいの？ 遠慮することないのよ。だってここにある物の多くは、これからもここで眠り続けるでしょう。自由な心を持つあなたに、この子たちを解放してあげてほしいのよ」って……。私はとても衝撃を受けた。それ以来、お母さんを見る目が変わった。

ナタリア、アンフィサの話に黙って耳を傾けている。

アンフィサ　それから、お母さんは彼女に言った。「あなたが望めば、普通の暮らしができるように、私とヴィクトルはあなたに協力するつもりよ」と。もちろん私も、彼女に協力するつもりだった。でも彼女には路上生活者の父親がいて、父親はその子の帰りを待っているとのことだった。彼女は私たちにお礼を言って帰って行った……。不思議な、夢のような体験だった……。

ナタリア　……そんなことがあったんだね……。

第二幕 第一場

アンフィサ　ええ、それから一度もその女の子を見てないわ……私も、お父さんも、お母さんも……。とにかくお母さんは、無償でここの商品を好きなだけ差し出した。お母さんは物そのものに執着しているわけではなかった。お母さんは雑貨や民芸品を愛しているというより、そうした物とふれあった過去を懐かしむこと、つまり、そうした物と親しく接した思い出に浸ることを愛しているのよ。お母さんの懐古はとても強く、お母さんをこの店から飛び立たせなかった。だからお母さんは、自分の夢を諦めたのよ。お母さんの懐古は、未だお母さんを強く束縛し続けているわ。

ナタリア　ヤナの夢って？

アンフィサ　……お母さんは、クイーンのように遠くへ行ける人間になりたかったのよ。それがお母さんの夢だった……。広く、自由にお母さんは生きたかったは

ず。お母さんは、この世界の全てを懐かしむようになりたかった。それを夢見ていたと思うの……。

ナタリア　実に途方もない夢じゃないか……。だけど、もし本当にヤナが自分の夢を諦めたとしても、ヤナは自分の人生を後悔するような人間じゃないよ。それはあたしが自信をもって言えることだね。

アンフィサ　ええ、私も同じ意見よ、ナタリア。だから私は、あなたやお母さんを他の誰よりも尊敬しているわ。あなたたちは、心の豊かさを与えられている。それは普遍なものだけれども、誰しもが得られるものではないわ。心の豊かさは、とても尊いものよ。そして、あなたたちに愛される者に、その普遍の豊かさは共有される。

第二幕

第二場

〔詩〕
愛の連鎖は場所を越える。
愛の連鎖は時間を越える。
愛の連鎖は消滅を越える。

四時間後。前場に同じ。
ナタリアとアンフィサ、椅子に座って何かを話している。
すると、ヤナが帰ってくる。ヤナ、店の出入口から登場。

アンフィサ お母さん、お帰り。

ヤナ 留守番ありがとう、アンフィサ。

陽だまり

ナタリア　こんにちは、ヤナ。

ヤナ　こんにちは、ナタリア。

　　ヤナ、上着をハンガーにかけた後、椅子に座る。

ヤナ　二人とも昼食は済ませたわよね？

アンフィサ　もちろんよ。ナタリアが作ったビーフストロガノフのパスタ、とても美味しかったわ。

ヤナ　あら、いいわね。

ナタリア　てっきりあたしとの勝負を恐れて逃げちまったのかと思ったよ。

ヤナ　よく言うわ。

第二幕 第二場

アンフィサ　あっ！ 逃げたと言えば！

　　ヤナとナタリア、びっくりしてアンフィサの顔を見る。
　　アンフィサ、窓の方に指をさす。

ナタリア　まさか、またニコライがグジェリ村から逃げ出したのかい？

アンフィサ　そのまさかよ！ 朝、お母さんの代わりに店の周りを掃除していたら、隣のユーリヤの家の庭にニコライがいたのよ。ニコライは思いつめた表情で、ビールを飲んでいた……。まあ、察しはついたけど、声をかけてみたわ。修行から逃げたのは、今回で三回目だそうよ……。あきれちゃうわね。

ヤナ　……。

陽だまり

アンフィサ　お茶をいれてくるわ。

　　アンフィサ、椅子から立ち上がる。

ヤナ　あら、ありがとう。

　　アンフィサ、カウンター奥の扉を開けて中に入る。

ヤナ　ニコライ……。

ナタリア　どうしようもない子だね、まったく！　あの子の祖母は⁉　ユーリヤは何やってんだい⁉　あんたの年上の幼馴染みだろ、何か言ってやってくんなよ！

ヤナ　……ユーリヤは私に会ってくれないわ。いっそう酷くなっているのよ。今や市場ですれ違っても、私に、いいえ、誰にも挨拶すらしない……。

第二幕 第二場

ナタリア　ニコライは、幼いころ両親を事故で亡くした。ユーリヤは、孫のニコライを引き取った。それから、ユーリヤはどんどん心を閉ざしていった。「苦労人のユーリヤ」は、「人間嫌いのユーリヤ」と呼ばれて久しい。彼女の人間嫌いは年々酷くなっている、っていう噂は本当なんだね……。

ヤナ　……ええ……。

ナタリア　ニコライは、発達障害だろう？　いくら修行が辛くて逃げ帰ったとはいえ、ユーリヤのところではあの子の心の負担が大きいだろうに……。

ヤナ　……。

ナタリア　ニコライはまだ幸せだ。あの子は仕事にありついている。今のロシアの若者にとって、それはとて

も幸せなことだ、そうだろ、ヤナ？

ヤナ　同じ意見よ。

ナタリア　工房だったか、工場だったか？

ヤナ　ええ、グジェリ村にいる伯母のところに居候しているわ。その伯母の家から陶器工場に通っているそうよ。

　　ナタリア、大きく溜息をつく。

ヤナ　ニコライのことは、ほっとけないのよ……。

　　アンフィサ、紅茶とポーンチクを持ってくる。

第二幕 第二場

アンフィサ　じゃ、そろそろ帰るわね。ヨシフの夕飯の買い物に行かなくちゃ。

　　ヤナとナタリア、椅子から立ち上がる。

ヤナ　今日はありがとう、アンフィサ。ヨシノによろしく。

アンフィサ　うん、必ず伝えるわ。

ナタリア　おまえに会えて、本当によかったよ。

アンフィサ　私もよ、ナタリア。ずっと元気でいてね。そして、いつまでもここに遊びに来てね。お母さんをよろしく。

陽だまり

アンフィサ （ヤナに）お母さんには色々と心配かけているけど、どうかいつまでも私を愛してね。

ヤナ やあね、もちろんよ。どうしたのよ、急に？ あなたは私の自慢の娘。あなたは自分自身と周囲を幸せにすることができる、心の豊かさをもった立派な女性よ。私はあなたを心から尊敬しているわ。

アンフィサ 尊敬だなんてそんな……。

ヤナ 自分の好きなように生きなさい……。ヴィクトル、あなたのお父さんもそれを望んでいるわ。

アンフィサ わかった……。お母さんは、幸せ？

ヤナ もちろんよ。あなたが元気でいることが、何よりの幸せ。

第二幕 第二場

アンフィサ　お母さん、愛しているわ。

ヤナ　私もよ、アンフィサ。

　ヤナとアンフィサ、抱擁を交わす。
　次に、ナタリアとアンフィサ、抱擁を交わす。
　ヤナとナタリア、店の出入口までアンフィサを見送る。
　アンフィサ、店の出入口から退場。

ナタリア　……本当に健気な子だよ……。あたしの娘が生きていたなら、アンフィサと同じぐらいの年齢だった……。あたしの娘が生きていたなら……アンフィサと同じような悩みをもったのだろうか……。でもきっとアンフィサのように、自分の人生を切り開いて行くに違いない……。

ヤナ　ええ、きっとそうよ……。ねえ、帰る前に、ひと勝負しない?

ナタリア　よし! 受けてたとうじゃないかい!

　　ヤナとナタリア、椅子に座り、チェスを始める。

ナタリア　この戦いの勝利を、アンフィサに捧げよう。

ヤナ　あなた、まだ勝ってなくてよ!

第二幕

第三場

〔詩〕

陶器は焼くと小さくなる。

夢によって練られる陶器。

その完成は夢を凝縮した姿。

夕刻。前場に同じ。

ヤナとナタリア、チェスの勝負が終わる。

ナタリア ずいぶんと遅くなっちまった、今日は悪かったね。それじゃあ、また明後日。

ヤナ　ええ。ここしばらく雨の日が続くらしいわ。気をつけていらっしゃい。

ナタリア　(不機嫌に) うっとうしいね。まあ、天気予報なんざ、あてにならんさ。なぜなら、明後日は晴れるって、あたしの勘が言ってるからね。

ヤナ　そう。でも雨もまた退屈させないものよ。雨は心の指針を清潔に保つ。雨は心の指針に付着した朦朧を洗い流す。雨は心に安らぎがあることを確認させる。雨は心に安らぎがないことを忠告させる。そして、雨は日々の晴れがもたらす活発、溌剌、旺盛を熟成させる。生命が本能的に変化を求めていることを、雨は私たちにしとしとと伝えてくれる。

ナタリア　あんたもあたしも、退屈なんてしてないだろうに？

第二幕 第三場

ヤナ かもしれない。でも退屈というものは、無意識の隙間を狙ってやってくる。退屈の活動を放置していると、次第にそれに侵されていくものよ。退屈による晴れ晴れしない気分、煩わしい気分は、大抵は夏風邪のように長引くわ。だから気をつけて。

ナタリア あたしは常に、自分の人生を意識してるさ。大丈夫、大丈夫。

ヤナ そうね。そうであってほしいわ、これからもずっと。

ナタリア たとえ雨が降ろうが、雷が落ちようが、銃弾が飛び交おうが、ダニ媒介脳炎が猛威を振るおうが、真剣に遊び続けるさ。あたしにとって、退屈は死よりも嫌悪すべきもの。退屈な時は、死の瞬間よりも疎ましきもの。あたしとあんた、そしてこのチェスが織り

なす小さな「物語」を心から楽しむことに、あたしは人生の全てを捧げることができる。その楽しみは、あたしを退屈から遠ざける最高の美酒。あたしは、その美酒にいつまでも酔い続けていたいのさ。

ヤナ　はいはい。

ナタリア　ああ、そろそろニコライがここに来るんじゃないかい？　あの子、あんたに懐いているから。

ヤナ　ニコライは私の子も同然よ。

ナタリア　だったら、あの子のために叱ってあげな。

ヤナ　なぜ？　叱る必要はないわ。あの子を信じているから。ただ見守るだけよ。

第二幕 第三場

窓からニコライの姿が見える。
ヤナとナタリア、ニコライが隣の家からこちらに重い足取りでやってくるのを確認する。

ナタリア　噂をすればなんとやら。

　　ニコライ、店の出入口から登場。

ヤナ　ニコライ、久しぶりね。

ニコライ　うん、久しぶり……。ヤナは元気にしてた？

ヤナ　ええ、相変わらず元気よ、ニコライ。あなたは元気にしてたかしら？

ニコライ　……うん、元気だよ……。

陽だまり

ナタリア　ニコライ、久しぶりだね。

ニコライ　やあ、ナタリアも。元気そうだね。

　　ニコライ、椅子に座る。

ナタリア　おかげさんでね。おまえは朝から酒でも飲んでるようだが、休暇でも貰ったのかい？

　　ニコライ、ナタリアの言葉に返事をしない。
　　ナタリア、ヤナの顔を見て首をかしげる。
　　ニコライ、ナタリアのポーチにつけられたハリネズミのピンバッジを触る。

ナタリア　あっ！　ニコライ、勝手に触らないでおくれ。それは死んだ娘の形見なんだよ。

第二幕 第三場

ニコライ　えっ、ごめん悪かった……。いや、でもそんなに大切なものだったら、大事にしまっておかないといけないんじゃないの？

ナタリア　片時も離さず持っていたいんだよ、あたしは。

ニコライ　……そうか……ごめん。

ヤナ　陶芸家の修行は順調かしら？

　ニコライ、沈黙する。

ナタリア　……ニコライ、黙ってちゃわからないよ。ここに話をしに来たんだろ？

ニコライ　……そうだよ……。

陽だまり

　ヤナとナタリア、ニコライの返事を静かに待つ。

ニコライ　……逃げ出して来たんだ……。

ヤナ　そうだったの。でもどうして？

ニコライ　……うん……たくさん理由があって上手く説明できないよ……。

ナタリア　理由がたくさんあれば、まとめて説明するには時間がかかるかもしれないね。ゆっくりでいいから話しておくれ。

ヤナ　ナタリアの言うことに賛成よ。落ち着いて一つ一つの理由を話してごらんなさい。

ニコライ　うん……。

第二幕 第三場

　　ヤナとナタリア、ニコライの返事を待つ。
　　ニコライ、沈黙し続ける。

ナタリア　それじゃ、あたしが質問するよ、いいかい？

ニコライ　わかった。

ナタリア　おまえは今、グジェリ村の伯母の家に居候しながら、工房だか、工場だか、見習いとして働いているよね？

ニコライ　そうだよ……逃げ出す前までは。

ナタリア　……おまえの伯母は、おまえの祖母よりも親身になってくれていると聞いたが、それはどうなんだい？

ニコライ そうだよ。伯母さんは僕にとても優しくしてくれるよ。

ナタリア ということは、陶芸家の仕事が辛いのかい？

ニコライ 仕事はとても大好きだよ。うん、とても楽しい。僕は仕事に集中しているときが一番幸せだよ。

ヤナ 素晴らしいわ！ 仕事が大好きだと思えるのは、とても素敵なことよ、ニコライ。

ニコライ うん、伯母さんのおかげだよ。

ナタリア じゃあ、何が問題で帰ってきたのさ？

ニコライ それはいくつか理由があるんだ……。まず……僕はあの村で友達ができないんだ。とても孤独

を感じる……。いや、友達ができないから孤独を感じるんじゃなくて、周りの仲間たちが僕を除いて仲良くやっていることで、僕は孤独を感じているんだ……。仲間たちは僕のことを変な人間だと思っているよ……。ひょっとすると、僕は一生友達ができないんじゃないかな。いや、きっとそうだ。僕の一生は友達がいない孤独な一生なんだ！

ナタリア　何たること、あたしたちの存在は否定されたわ。

ヤナ　そうよ、ナタリアの言うとおりよ。私やナタリアは、あなたを友達だと思っているのに。

ニコライ　ありがとう。……でもヤナとナタリアは、いつも遊んでいて羨ましいよ。二人とも本当に気楽でいいよね……。

ナタリア 本当にそう思うかい？ ところが、あたしとヤナは真剣に生きているのさ。楽しむことを真剣に。

ニコライ 楽しむことを真剣に……。今の僕にはとうてい出来ないことだ……。

ナタリア おまえ、陶芸家の仕事が好きなんだろ？ それは天からの恵みさ。おまえの天職を楽しむことに真剣になればいいじゃないか。嫌なこと、煩わしいことを忘れて楽しく真剣に、だ。そうすれば、全ては自然と良い方向に行くはずだよ、きっと。天職を楽しむことに真剣になる行為は、おまえに与えられた恵みに感謝し、その恵みを大切に活かすことを意味するんじゃないのかい？ 違うかい？

ニコライ ……そうだね……うん、その通りだと思う。逃げ出した他の理由も言うよ。僕はその……上手に喋

れないんだ。肝心な時は特に……いつもそうなんだ。

　　ニコライ、溜息をつく。

ヤナ　ニコライ、聞いて。あなたは私たちにはない素敵な才能を持っている。あなたは、好きなことに徹底的に拘(こだわ)り続ける才能、好きなことにずっと集中できる才能を持っている。人間には「工作人」の一面がある。人間は何かを作って生きていく。だからあなたの才能は、私たちの社会にとってとても貴重なのよ。あなたは選ばれた子……。ロシアの……いいえ、世界のみんなを幸せにする力があると信じてる。ナタリアもそう思っているわ。

　　ナタリア、大きく頷く。

ナタリア　ああ、そうさ。みんなを幸せにしてやっておくれ、ニコライ。

ニコライ　ありがとう、少し元気が出てきたよ。

ナタリア　逃げてきた理由は、その二つなのかい？

ニコライ　……いや……。

ナタリア　なんだい？　言ってごらん？　あたしたちは友達じゃないか？

ニコライ　うん……。

　ニコライ、少し間を空けて答える。

第二幕 第三場

ニコライ　お婆ちゃんのことだよ。……お婆ちゃんのことが心配なんだ……。

ナタリア　ユーリヤを、ひとりにすることがかい？

ニコライ　……それもある。お婆ちゃんの体は今のところ元気なんだけど、それでも年々弱くなっているからね……。お婆ちゃんの機嫌がよくないんだ。昔よりももっと悪くなっている……。お婆ちゃんの心の方が心配なんだ。

ヤナ　ユーリヤの機嫌が悪いことは、私たちも実感しているわ。あなたはユーリヤのために帰って来た。それについて、ユーリヤは何て言った？

ニコライ　……。

陽だまり

ナタリア　話しておくれ、ニコライ。

　ニコライ、少し間をおいて。

ニコライ　……お婆ちゃんは「悪夢だ！　出来損ないが戻ってきやがった！　塵屑(ごみくず)が何の用だ!?」と、それから「無能な汚物が片付いて清々してたところだったのに、また流れてきやがった！　これは何の冗談だ！」と……。

ヤナ　酷いわ……。

ナタリア　まったくなんてことを言うんだい！　ニコライ、他に何か言われたのかい？

ニコライ　……あとは……「私の人生はおまえのせいでめちゃくちゃだ！」とか。「私はバーバ・ヤーガになっ

た！ おまえを呪い、おまえを食ってやるためにな！ 私はおまえを噛み殺してやりたい、心からね！ 私のおまえへの憎悪と怒りは、そうすることではじめて癒されるのさ！」とか……。

　　ナタリア、怒りにまかせて立ち上がる。

ナタリア　あたしは頭にきたよ！ ちょっと行って、説教してきてやるよ！

　　ナタリア、勢いよく店を出ようとする。
　　ヤナとニコライ、素早く立ち上がる。
　　ヤナ、ナタリアを引き留める。

ヤナ　落ち着いてナタリア！ ユーリヤに何を言っても無駄よ！ ユーリヤの心はもう……。

ニコライ　ナタリア！　別にいいんだ！　……僕はこれまでお婆ちゃんにたくさん迷惑をかけてきたから……。

　　ナタリア、大きく呼吸した後、再び椅子に座る。
　　次に、ヤナとニコライ、再び椅子に座る。

ヤナ　今日のユーリヤはどんな感じだったの？

ニコライ　相変わらず、僕を無視してる。僕と目を合わさない。僕の言葉に耳を貸そうともしない。だけど、僕への憎しみは感じる……。僕が学生の頃と同じさ。僕に罵声を浴びせるか、僕を無視するかのどっちかだ。……そう、昔と何も変わっていないよ、お婆ちゃんは。……ただ昔と比べて僕への憎しみが強くなっている、それは確かだ。それがとても悲しいんだ……。

第二幕 第三場

ヤナ　ユーリヤの態度は、確かに酷くなっているわ。でもそれはあなただけにじゃなく、周囲の人間全てによ。もちろん私にも。

ニコライ　……そうなんだ……。

　　三人はしばらく沈黙する。

ナタリア　ところで、あんたの伯母は心配してるんじゃないのかい？　ちゃんと連絡してあげないと駄目だよ。

ニコライ　うん。さっき、電話したよ。

ヤナ　伯母は何て？

ニコライ　実家はおまえにとって辛い場所だから、いつでもこの村に戻ってきなさい、と。

陽だまり

ヤナ そう、素晴らしい方ね！

ナタリア ニコライ、あんた伯母の気持ちを決して無駄にするんじゃないよ、いいね？

ニコライ うん。……わかっているよ、ナタリア。

ナタリア あんた、窮屈な気持ちで生きているようだけど、もう少し伸び伸びできないのかい？

ニコライ そうだね、頑張るよ……。

ヤナ お酒でも飲む？ ワインとバリザムならあるわよ。アンフィサが持ってきてくれたのよ。

ニコライ そう、アンフィサが。でも今はいい……。

第二幕 第三場

ヤナ　夕食でもどう？

ニコライ　……ありがとう、ヤナ。でも遠慮しとく。

ヤナ　ユーリヤは、あなたに食事を作ることはしないでしょう？　遠慮せず、食べて帰りなさい。

ニコライ　今から大衆食堂(スタローバヤ)に行くんだ。僕は今日、そこで食べると決めたから、そこに行かなければならないんだ……。

ヤナ　……そう、あなたが決心したのなら。

ナタリア　どこの食堂もソ連時代の方が味はよかったよ。

ニコライ　本当に？　でも、ひとりで食べる方が落ち着くんだ。ありがとう。また来るよ。

陽だまり

ヤナ 待って。あなた今後、どうするつもりなの？

ニコライ ……まだ考えていないよ……。でも、ここが……生まれ故郷が大好きなんだ。お婆ちゃんのこともやっぱり心配だし……。お婆ちゃんに育ててもらった恩がある、側にいたいと思ってるんだ……。でもお婆ちゃんは、僕を愛してくれない。昔以上にね……。

ヤナ ねぇ、ニコライ。人を憎むことに囚われた者に、……それがあなたの祖母であれ、縋(すが)りつくのは、あなたのためにならないわ。酷な言い方だけど、あなたがユーリヤの側にいても、彼女の心が改善される可能性は低い。むしろ、彼女の心は余計に悪化するだけ……。それはあなたが一番知っているはず。

ニコライ ……。

ヤナ ……自分のために楽しく、真っ直ぐに生きなさい。負い目を感じて生きる必要はないわ。憎悪の眼を気にして生きる必要はないのよ。

ニコライ ……うん。

ヤナ 自分の将来を大切にして。あなたは自由なのよ。あなたには自由に生きてほしい。

ニコライ ……わかった。よく考えてみるよ。ありがとう、ヤナ、ナタリア。

　　ニコライ、椅子から立ち上がる。
　　次に、ヤナとナタリア、椅子から立ち上がる。
　　ヤナとナタリア、店の出入口までニコライを見送る。
　　ニコライ、店の出入口から退場。

陽だまり

ナタリア　……あたしは心配でならないよ……。

ヤナ　（傍白）あの子は、広い世界を知る必要があるわ。人間の精神は宇宙のように広大であることを。ニコライはそのことを知る時期にきた。……あの子の古巣は、あの子に安らぎを与えない。あの子は祖母の温もりを求め続けている。だけどそれを得ることはできないだろう……。ニコライの郷愁(ノスタルジア)は、ニコライ自身を縛り続けている。……いつかナイトのように力強く飛び越えてほしい、重い足枷を外して……。ああ、運命を支配する御方よ。どうか、あの子をお守りください。純粋なあの子に、一日でも早く普遍の道をお示しください。

第三幕

第一場

〔詩〕

真の安らぎは精神の前進にあり。

真の安らぎは普遍の展開にあり。

真の安らぎは自由の流れにあり。

二日後の朝。ヤナの雑貨屋。

雨は止んでいる。

鳥の囀(さえず)りが聞こえる。

窓の横にある椅子に座っているヤナ。

陽だまりの中、〈懐古〉(ノスタルジア)に浸っている。

陽だまり

ヤナ （独白）過去を懐かしみ、安らぐ。自身の生命の活動を顧みることで生じる一時の安らぎ、刹那の安らぎ……。過去を訪ね、過去を懐かしみ、過去に留まるや、私の「思い」は二つとなる。私の「思い」は過去と現在へ……。過去と現在のそれぞれの「思い」は一瞬だが重なるも、やはりそれは完全に一致することはない。過去と現在の「思い」が完全に一致しないのは、過去への意思と現在の意思には決定的な「系統の差異」があることを意味する……。

　　ヤナ、薬指につけた指輪を眺める。

ヤナ （独白）永遠の循環に安らぎを見出せる者は、幸いである。永遠の安らぎは、真の安らぎであるからだ。永遠の安らぎは、まるで「輪（リング）」のようだ……。普遍の展開によって、一つの始まりと終わりが繋がる。普遍の流れに即した安息の魂は、来（きた）るべき「永遠なる一致」

第三幕 第一場

を思慕する……。精神の奥底に隠れた記憶には、永遠なる御業が標されている。人間の精神には生命を創造する存在がすでに刻まれている。深く純粋な記憶を呼び起こしたい、私の魂の奥底からそれを熱望している。一方で、私は私の精神が弱いことを熟知している……。私の未熟な精神では、生命の根源を目指す純粋な活動の持続は苦痛を伴う。だけど、その汚れなき行動に憧れる、毎日、心から。私の懐古の純粋な部分が、きっとそうさせるのだろう……。

　ヤナ、店の商品を見回す。

ヤナ　（独白）人間が作った全ての物は、世界の一部である。人間が作った物は全て、それが木材であれ、金属であれ、毛糸であれ、世界から生まれる。世界すなわち森羅万象とは被造物である。私もこの創られし生成過程の世界から生まれた。縁あってここにある物たち

と私は、究極的には一つなのだろう……。これらの物たちが私のもとから去っても、私たちはいつか一つになる。世界の内なる必然の逢着による絆は、永遠に互いを結びつける。

　ヤナ、目を閉じる。

ヤナ　（独白）……私は今、陽だまりの内にいる。陽だまりの心地好さを通じて、私は確かに存在していることを認識する。陽だまりの心地好さを通じて、私は全ての現象が前進していることを認識する……。そう、あらゆる物は無数の関係によって、絶えず流れている。大宇宙と小宇宙の交わり……。それはまるで時計の歯車のように機能している。陽だまりの内の小宇宙は、大宇宙の壮大な流れに比べれば、あまりにも小さく、緩やか……。

第三幕 第一場

ヤナ、ゆっくりと目を開く。

ヤナ（独白）……もし世界の参入が自由意志によるものであれば……。私はこの世界に実在化されるよう望んだのだろうか？　この世界で人として生きることを、あるいは、この陽だまりで生きることを、私が望んだのだろうか？　……確かなのは、私は自分の境遇を受け入れている。私には無数の選択がある。だけど私は今も、この陽だまりの中に留まることを望んでいる。しかし、心の成長にこそ生命の醍醐味があるのだろう。そうであるなら、陽だまりの中にそれはないのかもしれない……。それでもいい。私に与えられたこの陽だまり。私は今、陽だまりの中にいることに感謝している。そして、私はこの陽だまりの中で、出会った全ての人たちに感謝している。私が出会った全ての物たちに感謝している。

第三幕

第二場

〔詩〕

愛が未来に向けられたとき、その愛は希望となる。
愛が世界に向けられたとき、その愛は円環となる。
愛が使命に向けられたとき、その愛は創造となる。

十分後。前場に同じ。
ヤナ、店の窓を掃除している。
掃除が終わったヤナ、窓台にある花瓶の花を眺めた後、
窓の真下の床に置かれた観葉植物を眺める。それから、
窓から空を見上げる。

第三幕 第二場

ヤナ （独白）天からの恵みの雨によって、大地に積もった塵が洗い流された。一新された大地は、心新たに生命を育む。私の家族たちの生命も鼓舞(こぶ)され、躍動している、雨上がりの新鮮な陽の光を浴びることで……。未来の像を作るために、家族たちの生命力がそれぞれの本性にそって増している。

　　ヤナ、窓からニコライがやってくるのを確認する。
　　ニコライ、店の出入口から登場。

ヤナ　おはよう、ニコライ。

ニコライ　おはよう、ヤナ。

ヤナ　クワスでも飲む？

ニコライ　いや、すぐに行くから……。

ヤナ　あらそう。今日はどうしたの？

　　ヤナ、ニコライの返事を待つ。

ニコライ　……僕はこの数日間、真剣に自分自身と向き合ってみた。僕は初めて、本当の意味での孤独になれたのかもしれない……。

ヤナ　それは素晴らしいことだわ。「孤独」は知的な活動だと、私は思っている。たとえ誰かと一緒にいても、孤独を自覚することができる。自身の心に素直に立ち返る者は、自身が唯一無二の存在という意味での孤独を自覚する。「私」という自己意識なる孤独……。世界の一つの軸としての「私」の意識……。孤独というものは、自己の本性的な位置を標示する。孤独を省みることで、自身の生命の本当の行方、正しい行方を見通せるはず。

第三幕 第二場

ニコライ　うん。

ヤナ　何か決心したのね、ニコライ？

ニコライ　ヤナ、僕はグジェリ村に帰るよ。

ヤナ　そう！　……ううん、今日のあなたの表情を見て、あなたならそう言うと思ったわ。

ニコライ　お婆ちゃんのいる場所は幻だった……。僕の故郷は架空郷(ユートピア)だった……。

ヤナ　……。

ニコライ　お婆ちゃんの愛は幻だった……。愛情あふれるお婆ちゃんはすでにいない。僕はずっと幻から愛を得ようとしていた。僕はずっと幻に愛を捧げていた。

……僕はお婆ちゃんが僕を愛してくれるよう願った。だけど、お婆ちゃんは僕を愛してくれなかった……。僕はようやくそのことを、僕の現実として受け入れることができた。

　　ヤナ、自身の胸に手を当てる。

ニコライ　僕は確認した。お婆ちゃんと一緒にいると、お婆ちゃんの心がさらに悪くなってしまうことを。僕は理解した。お婆ちゃんと一緒にいると、僕は前進しないことを。お婆ちゃんのもとで、僕がすべきことは何もなかった……。

ヤナ　ニコライ……。

ニコライ　僕は僕の心の底を探ってみた。僕は大切な答えを発見することができた。僕は愛を求めるだけの人

第三幕 第二場

間になりたくない! 僕は愛を得るために愛を捧げる人間になりたくない! 僕は僕がすべきことで、僕を必要とする人たちに愛を与えたいんだ! だから僕は決心したんだ! ヤナ、僕にはやらなければならないことがある! 僕は陶器を作り続ける! これからは、僕は前だけを見続けるよ。

ヤナ ……ああ、ニコライ……。私の息子よ、私はあなたを心から尊敬するわ。

ニコライ ありがとう、お母さん。

ヤナ あなたは、あなたの道を歩みなさい。でもニコライ、あなたはこれから多くの努力を必要とするでしょう。あなたが何かをする場合、おそらく他の人よりも少し遅いかもしれない。でもね、ゆっくりでいいのよ。ポーンのように一歩一歩進んで行けばいいの。あなた

は、あなたの速度で歩んで行きなさい。あなたは素晴らしい能力をもっている。それを存分に発揮してほしい。……私はあなたが立派な陶芸家になることを確信している。

　　ニコライ、大きく頷く。

ニコライ　ヤナ、行ってくる。いつか僕の傑作を贈るから。うん、約束するよ！

ヤナ　あら！　それは本当に楽しみだわ！

　　ニコライ、店の出入口に行こうとするが、思いとどまる。

ニコライ　忘れるところだった……。ヤナ、これを。

　　ニコライ、ヤナに手紙を渡す。

第三幕 第二場

ヤナ まあ、ありがとう! あなたから手紙をいただけるなんて、感激だわ!

ニコライ じゃあ、行くよ。

ヤナ 行ってらっしゃい。

 ヤナ、店の出入口までニコライを見送る。
 ニコライ、店の出入口から退場。
 ヤナ、上手の窓へ移動する。
 ヤナ、その陽だまりの窓からニコライの姿を眺める。

ヤナ (独白)今、郷愁(ノスタルジア)の鎖を断ち切った若鳥が飛び立った……。彼の瞳に確固たる愛の決意を、私は見た。愛を与える使者として、あの若鳥はその使命を全(まっと)うするだろう。

第三幕

第三場

〔詩〕

絶えず移ろう現在。

一つの詰み(チェックメイト)。

終わりは始まり。

五分後。前場に同じ。

ヤナ、椅子に座って物思いにふけている。

ヤナ、ニコライからの手紙を開けようとする。

すると、ナタリアが店の出入口から登場。

ヤナ、ニコライからの手紙を急いで袖の中にしまう。

ナタリア おはよう、ヤナ。

第三幕 第三場

ヤナ おはよう、ナタリア。

ナタリア 何か良いことでもあったのかい？

ヤナ えっ、どうして？

ナタリア どうしてって、そりゃあ、あんたの顔を見ればすぐに分かるさ。あんたと何十年一緒に遊んでると思ってんだい？

ヤナ 確かに。ええ、確かにそうね。

　　ナタリア、椅子に座る。

ナタリア ニコライのことかい？

ヤナ そうよ。

ナタリア ユーリヤと少し仲良くなれたのかい？

　　ヤナ、首を振る。

ヤナ それは絶望的だわ。

ナタリア じゃあ、何さ？

ヤナ ……愛を捨てた者に愛を求めていた職人見習いは、愛を捨てた者に愛を捧げていた、懸命に。……ある日、その職人見習いは、孤独の内省を通じて「愛」に愛されていることを自覚した。職人見習いは、彼の愛を必要としている者たちに向けてその愛を注ぐことを決意した。そして、彼は先ほど旅立った……。愛深き職人見習いは、自身がいるべき場所に戻って行った、自身の使命を全うすべく。彼は将来、多くの人々から愛されるだろう。彼は多くの愛をその優しい心の内に育み、

それを必要としている者たちに惜しみなく与え続けるだろう。「心の宝探し」をしながら……。

ナタリア　ああ、ニコライ！　そうか……そうだったのか！

　ナタリア、何度も頷く。

ヤナ　お茶をいれてくるわ。

　ヤナ、カウンター奥の扉を開けて中に入る。
　ナタリア、静かに目を閉じる。

ナタリア　（独白）優しきニコライよ、おめでとう！　おまえの本当の門出を心から祝おう。おまえは、今までずっと過去に縛られていた……。思えば、昔のユーリヤはおまえと同様、とても優しかった。両親を失った

陽だまり

不憫なおまえを、ユーリヤは心からの愛情でもって迎え入れたことだろう。しばらくして、ユーリヤは祖母の立場としてだけでなく、母親の立場に立って育てなければならないことを痛感しただろう。重い責任を負ったユーリヤは、おまえに対して同情よりも、希望が強くなったのかもしれない。だがある日、ユーリヤは、おまえに他の子供たちとは異なった症状がみられることを告げられた。その時から、ユーリヤは一変した。おまえへの強い期待は失望……いや絶望となり、おまえへの強い愛情は憎悪となった……。その絶望と憎悪は、ユーリヤの心を支配してしまった。幼きニコライはユーリヤの絶望と憎悪を浴びながらも、ユーリヤの過去の期待と愛情に応えようとした。幼少のニコライの生き甲斐は、それだったのだ……。でもようやく、過去の幻と決別することができたんだ！　ニコライはこの数日間、自身を省みて過去の幻と対峙したことだろう……。ニコライは過去と葛藤し、過去と決別する

必要性を確信した。過去の幻は、今のニコライを支配することはできない。ああ、ニコライはついに自由になったんだ……。

　ナタリア、ゆっくりと目を開く。

ナタリア　（独白）これで良かったのさ。ニコライは、夢を実現するために故郷を後にしたんだ！　彼の決断に、あたしは敬意を表する。

　ヤナ、紅茶とシャルロートカを持ってくる。

ヤナ　ナタリア、外を見て。木々の新緑が陽射しに映えているわ。

ナタリア　ああ、そうだね。本当に美しい……。

ヤナ、椅子に座る。

ヤナ　さあナタリア、紅茶で乾杯しましょう、私の息子の門出に！　私の息子の勇気に！　私の息子の輝く未来のために！

ナタリア　私たちの、だよ！

ヤナ　そうね。

ナタリア　……あんたの深い愛情が、ニコライの心にかけられた古い鎖を断ち切らせたのかもしれないね……。あんたの愛は、ニコライの心の海底を探り、その底の闇を照らし続けた。あんたの愛は、ニコライが絶望に陥(おちい)ることを阻止し続けた。あたしはそんな気がするんだ。

第三幕 第三場

ヤナ　私は何もしてないわ。ニコライは優しい子。あの子の心の海は、愛で満たされている。あの子は全てを愛する力をもっている。ニコライは愛の使命に目覚めたのよ、ただそれだけのこと……。

ナタリア　あんたは、誰よりも深く泳げるよ。

ヤナ　あなたは、誰よりも広く泳げるわ。

　　ヤナとナタリア、チェスを指し続ける。
　　夕刻。ヤナとナタリア、チェスを遊び終えて椅子から立ち上がる。
　　ナタリア、帰宅準備をして、店の出入口に向かう。
　　ヤナ、店の出入口までナタリアを見送る。
　　ナタリア、店の出入口から退場。
　　ヤナ、ニコライからの手紙を開ける。
　　手紙を読み終えたヤナは涙を流す。

陽だまり

それから三ヵ月後、ヤナはニコライに手紙を送る。

　　　ヤナの手紙
望郷の念から自由になった者、ニコライへ。あなたが陶器村に戻ってからしばらく経つわね。あなたが挫けて故郷に戻ることは、もうないでしょう。これからは前だけを見て生きて行くことでしょう。
あなたが確信したように、あなたが憂う故郷は、既に過去のもの。このロシアの大地は、強く逞しく時を刻んでいる。前を見続けよ、普遍の使命を帯びているならば。
人間には欠けているものがある。各々は欠けている何かを探し続ける。「心の宝探し」すなわち「心の探索」。正しい目的によってその活動がなされるのであれば、それは貴きもの。
あなたにだけ話しておこう、私のことを。私の弱い部分を。私は深い心の探索に耐えられず、ずっとそれから逃げてきた。今は過去による浅はかな充足に戯れている。

第三幕 第三場

今の私は、私の懐古(ノスタルジア)に支えられている。もちろん、私は望んでそうしている。私は後悔していない。なぜなら、私には大空へ飛翔する力がないことを知っているから。あなたには力がある、飛翔の力が、自由の力が。だから、私のようにはならないで。あなたは、あなたの郷愁(ノスタルジア)に支配されないで。おのれの使命を全うするために。

去年、私は私の陽だまりの中からあなたを見た。あなたが二度、挫けて逃げ帰った時のこと。あなたはユーリヤの家の玄関前にいた。あなたは泣きはらした顔を隠さず、玄関をただ見つめていた。私はあなたに声を掛けなかった。何があったのかは知らないが、あなたが闘う意志を失っていないように思えたから。あなたの心は強い。私は誰よりもそのことを知っている。

あなたは来た道を振り返った。その時、あなただけに陽の光が射した。次の言葉は決して誇張ではない。あなたは光り輝いていた。光の当たる内にいるあなたは、覚悟していたのだ。私にはそれが分かった。だけど、あなた

の瞳から涙がこぼれ始めた。それでも、あなたはしっかりと歩いて行った、明日へ向かって。

あなたの真の安らぎは過去にはない。普遍の使命を帯びたあなたの内に、その安らぎはある。内なる輝く泉は永遠である。決して枯れることのない泉は、いつでもあなたに安らぎを与える。だから過去に縛られることなく、絶えず前へ、前へ。

最後に、光の当たる内で輝いていたあなたの覚悟を忘れないで。あの時のあなたの覚悟は、あなたを永遠に導くだろう。

　　　　　　　　　　　　　　　あなたの母ヤナ

第三幕 第三場

数年後。ヤナの雑貨屋。

上手の横壁には大きな窓がある。その窓から陽が降り注いでいる。

窓の横にテーブル。そのテーブルの上には、ニコライから贈られた白とコバルトブルーの陶器のチェス盤と駒がある。

ヤナとナタリアは今でも、ニコライの作ったチェスで遊んでいる。

帰宅途中での後悔

帰宅途中での後悔

登場人物

一冊の古書を買った男

場所 帰宅途中の道 / 路上

〔詩〕

人は失敗する。

人は過去を悔やむ。

だが、後悔は高くつく。

後悔は内なる時間、

すなわち生命を無闇に削る。

夕刻の路上。

下手から一人の男が登場。

その男は、来た道(下手の方)を少し戻っては立ち止まり、

そうかと思えば、自宅への道(上手の方)を少し進んでは、

立ち止まる。それを何度か繰り返す。

一冊の古書を買った男　後悔とは、過去の自己選択への憎悪である。後悔とは、過去の自己決定に対する否定である。

帰宅途中での後悔

　男は来た道を少し戻って、その場に立ち止まる。

一冊の古書を買った男　いずれにせよ、後悔しないことは、人生における一つの成功だ。大抵の人間は、後悔から容易に離れることができない。

　男、両手で頭を抱える。

一冊の古書を買った男　どうしたらいいんだ！　今日の労働が終わり、自身の虚しさを埋めるべく、俺は街角の古書店に立ち寄った。そう、後悔の始まりだ。

　男、鞄から一冊の古書を取りだす。

一冊の古書を買った男　その古書店にはよく通っている。今日、そこで出会ったのがこの本だ……。俺よ、虚無に敗北した代償は大きいぞ。俺よ、なぜ立ち読みだけ

して帰らなかった？　それだけでも、今日の虚しさが少しは慰められたのに……。今では後悔にも敗北しているのだ。九ドルもしたんだぞ！　傷と汚れだらけのこの本が！　一冊の古ぼけた本め！　俺は俺の貴重な時間を、後悔というくだらない情念に台無しにされているのだ！

　男、古書の表紙を触る。

一冊の古書を買った男　……この本の内容はすでに知っている。あたりまえだ、昔読んだことがあるのだから。本の内容は俺向きのものだ……。

　男は家に続く道を少し進んで、その場に立ち止まる。

一冊の古書を買った男　この本は素晴らしかった……。だがそれは過去の話だ。いや、今でもこの本は面白い

はず……。俺よ、おまえは本当に今でも、この本が心から面白いと思えるのか？　自身にそう思わせようとしているだけではないのか？　毎日の工場勤務は楽しくやりがいがあり、給料や人間関係にとても満足している、と自身に言い聞かせているのと同じではないのか？　この本は今でも面白い、何度読んでも面白い、九ドルだした価値はあるのだ、と……。

　男、古書を強く握る。

一冊の古書を買った男　何でこの本を買った？　虚無を埋めるためだ。そう。本を買うことで、読書に熱中することで、一時の虚無感が癒されるからだ。刹那の満足感で人生の虚しさをごまかすために……。だが、虚無に駆られて物を買うことを意識するや否や、さらなる虚無と後悔が生じる……。虚無に支配されて物を買えば、新たな虚無と後悔がもれなく付いてくるという

のか？ それが事実なら、この世は地獄ではないか！ 人生の虚しさを解消するために、懸命に働いて何かを買うことは、苦痛を伴うのだからな！ 人生とは常に虚しさと共にある。人生とは刑罰なのか？ 生きる虚しさを解消することは、人間には赦されないのか？ ただその苦しみをじっと耐え忍べというのか？

　男、額に古書を当てる。

一冊の古書を買った男　……少し冷静になろう。そもそも後悔しているのは、なぜなのだ？　正直、俺には明確な答えがでない。全くおかしな話ではないか！　明確な理由を見出せないのに、後悔しているのだから！ しかし少し考えれば明確ではないが、それなりの理由はでてくる。この本を九ドルで買ったことに損をしたと思っているのだ。九ドルあれば、ビールが飲める。ハンバーガーやホットドッグが食べられる。それらを

犠牲にしてこの本を買ったのだから、そういった意味では後悔するに違いない……。だがそれは、適当な理由ではないような気がする……。

　男、古書を揺らす。

一冊の古書を買った男　それでは、この本の内容を知っているからだろうか。ならば、この本の内容を全く知らなければ、俺は後悔しなかったのか？　少なくとも帰宅途中はそうだろう。しかし買った本を家で読んで、もしそれが完成度の低い作品だったり、薄っぺらい内容の作品だったりしたら、やり場のない怒りや後悔がしばらく俺の心を埋め尽くすだろう……。

　男、古書の頁(ページ)を無造作にめくる。

一冊の古書を買った男 繰り返す、この本の内容は知っている。これは良書に該当するだろう。小粒が作った作品でないことは確かだ……。そうだ！ だからこの本に限っては、読んでいる途中、もしくは読み終えた後で、完成度が低い内容に対する怒りや後悔が押し寄せてくることはない。俺の魂がそれを保証する。

男、大きく頷く。

一冊の古書を買った男 俺よ、引き続き冷静に見直していこうではないか。すでに内容を知っている本を買って後悔するという現状……。だが、後悔からは何も生まれない。それは生産性がないことだ。俺の貧弱な理性とて、それぐらいは理解できよう。……この本が九ドルもしたから、俺は読まなければ割に合わないと考えている……。読まなければならない、という強迫観念に従って読書をすることで、何の意義が得られよう

か？　意義なんかない、充実もしない……。何てことだ……。新たな後悔が虚無と共にやってくる……。

　男は来た道を少し戻って、その場に立ち止まる。

一冊の古書を買った男　……俺は金を出して後悔を買ってしまった。それは紛れもない事実だ。……ではどうする？　返品できるだろうか？　まさか！　あの主人がそれを許すはずがなかろう。それは不可能だ！　返品を要求すれば、あの主人はきっぱりと断ることは明白だ。それでも食らいつけば、なじみの書店が減るだけだ……。さてさて、どうしたものだ……。

　男、額に古書を当てる。

一冊の古書を買った男　いっそのこと、この本を捨てて、気持ちを切り替えてみるか？　損をしたという気持ち

以外は、すっきりするのでは？ ……それができれば苦労しない！ 俺にとって、本は愛おしいものだ。たとえそれが意味不明な言語……そう、ギリシア語で書かれたものであれ、あるいは駄作であれ……。うむ、駄作を読んで怒ったり、後悔したりするだろう。だがその程度のことで、本への愛が一度たりとも根底から覆されることはなかった。……その程度のことで……。確かにそうだ！ その程度のことで、どのような種類の本であれ、本を捨てることなど、できようはずもない！ 俺にとって、自分の赤子を捨て去るようなものだ。ならば、このまま家に持ち帰ろう、この本を……。

男は家に続く道を少し進んで、その場に立ち止まる。

一冊の古書を買った男 俺は本を愛してきた。全ての本への愛がある。だから、この本への愛もある。この本を愛した俺の過去……。過去の記憶は、この本への愛

に満ちていた。……この本への愛が鮮明に呼び起こされた！　……この本の愛から生じる懐古(ノスタルジア)……。おお、懐古(ノスタルジア)よ！　何たることだ！　過去の愛は、現在の愛によって迅速に塗り替えられている。今やこの本が心新たに愛おしくなってきた！　この本に対する新たな愛が俺の内から溢れ出ている、それは止めどなく！

　　男、古書を鞄に入れる。

一冊の古書を買った男　これを読もう。この再会は運命なのだ。この本を見よ、と運命が導いているのだ。俺はそれに全霊の愛でもって応えよう！　……もう一度、この本と共にいろいろ考えてみよう！　旧友との再会は、新たな未来、新たな可能性を生み出すやもしれん。古きを訪ねて、新たな価値を。

　　男は迷うことなく、家路を急ぐ。

【戯曲の上演申請に関して】

倉石清志の戯曲の上演を希望される際は、必ず事前にご連絡ください。上演許可の申請については、Opus Majus（オプス マイウス出版）のホームページ（http://opusmajus.com/）の「お問合せ」にて受付ております。可能な限り早急にご返答をさせていただきます。

※この作品の無断上演（無断使用）、複製、改ざんは違法行為となりますのでご注意ください。

Copyright © Seiji Kuraishi. All rights reserved.

倉石 清志（Seiji Kuraishi）
1975年 福岡県生まれ
長崎純心大学大学院博士後期課程修了。博士（学術・文学）
専攻は哲学、文学
〔著書〕『創られざる善 創作に関する書簡集』、『隠者の小道』、
『永劫選択』、『最も近き希望』、『多くの一人』（監修）

陽だまり　他一篇

2017年11月30日　第一刷 発行
著　者　倉石 清志
発行者　森谷 朋未
発行所　Opus Majus
印　刷　中央精版印刷株式会社

本書の無断複写は著作権法上での例外を除き禁じられています。
購入者以外の第三者による本書のいかなる電子複製も一切認め
られておりません。
©Opus Majus 2017 Printed in Japan
ISBN978-4-905520-11-5 C0193 ¥700E
落丁・乱丁はお取替えします。